GUN HONEY

SANGUE POR SANGUE

Gun Honey: Sangue por Sangue

ALTA GEEK é um selo da EDITORA ALTA BOOKS do Grupo Editorial Alta Books (Starlin Alta e Consultoria Ltda.)

ISBN: 978-85-508-2394-2

Translated from original Gun Honey Blood for Blood. ISBN 9781787739048. This translation of Gun Honey Blood for Blood, first published in 2023, is published by arrangement with TITAN PUBLISHING GROUP LTD. © Winterfall LLC, 2023. The name 'Hard Case Crime' and the Hard Case Crime logo are trademarks of Winterfall LLC. Hard Case Crime comics are produced with editorial guidance by Charles Ardai. All Rights Reserved. PORTUGUESE language edition published by Grupo Editorial Alta Books Ltda., Copyright © 2025 by Starlin Alta Editora e Consultoria Ltda.

Impresso no Brasil – 1ª Edição, 2025 – Edição revisada conforme o Acordo Ortográfico da Língua Portuguesa de 2009.

Dados Internacionais de Catalogação na Publicação (CIP) de acordo com ISBD

A676g Ardai, Charles

Gun Honey Sangue Por Sangue / Charles Ardai, Ang Hor Kheng, Asifur Rahman ; Helena Coutinho ; ilustrado por Ang Hor Kheng. - Rio de Janeiro : Alta Geek, 2025.
112 p. : il. ; 15,7cm x 23cm.

Tradução de: Gun Honey
ISBN: 978-85-508-2394-2

1. Quadrinhos. I. Kheng, Ang Hor. II. Rahman, Asifur. III. Coutinho, Helena. IV. Título.

CDD 741.5
2025-217 CDU 741.5

Elaborado por Odilio Hilario Moreira Junior - CRB-8/9949

Índice para catálogo sistemático:
1. Quadrinhos 741.5
2. Quadrinhos 741.5

Produção Editorial: **Grupo Editorial Alta Books**
Diretor Editorial: Anderson Vieira
Vendas Governamentais: Cristiane Mutüs
Produtores da Obra: Paulo Gomes & Viviane Rodrigues

Tradução: Helena Coutinho
Copi: Ellen Andrade
Revisão: Paulo Aragão
Diagramação: Lucia Quaresma

ALTA BOOKS
GRUPO EDITORIAL

Rua Viúva Cláudio, 291 – Bairro Industrial do Jacaré
CEP: 20.970-031 – Rio de Janeiro (RJ)
Tels.: (21) 3278-8069 / 3278-8419
www.altabooks.com.br – altabooks@altabooks.com.br
Ouvidoria: ouvidoria@altabooks.com.br

Editora **afiliada à:**

abdr ASSOCIAÇÃO BRASILEIRA DE DIREITOS REPROGRÁFICOS

ASSOCIADO CBL Câmara Brasileira do Livro

GUN HONEY

SANGUE POR SANGUE

ROTEIRISTA

CHARLES ARDAI

ARTISTA

ANG HOR KHENG

COLORISTA

ASIFUR RAHMAN

LETRISTA ORIGINAL

DAVID LEACH

ALTA GEEK

Rio de Janeiro, 2025

CAPÍTULO UM

A 65 KM DE BELLE CREEK, MONTANA

QUE ARMA, HEIN, DOCINHO.
MELHOR LARGAR BEM DEVAGARINHO.
PARADA AÍ!
BLAM
BLAM
BLAM

EU DISSE
PRA LARGAR!

LANGKAWI, MALÁSIA

VOCÊ NUNCA ACHOU QUE FOSSE VOLTAR PARA ESSA PARTE DO MUNDO, ONDE CRESCEU.
NÃO ERA SEGURO.
MAS PRECISAVA TRAZER SEU IRMÃO DE VOLTA. PARA ELE DESCANSAR AO LADO DA MÃE.
VOCÊ DEVIA ISSO AOS DOIS.
E ENTÃO, ACONTECEU A COISA MAIS ESTRANHA. VOCÊ DECIDIU FICAR. POR UM TEMPO, PELO MENOS.
MAS NADA DURA PARA SEMPRE.

OLÁ, **BROOK**.
MONEY SHOT
VOCÊ ANDOU OCUPADA.
ESPERO QUE ESSA SEJA UMA VISITA SOCIAL.
QUEM DERA.
AINDA TÔ DE FÉRIAS.
JÁ FAZ 7 MESES.
E DAÍ? NÃO TENHO CHEFE. NINGUÉM TÁ CONTANDO MEUS DIAS DE FOLGA.
A MENOS QUE VOCÊ ESTEJA SE CANDIDATANDO PRO CARGO.
AGORA QUE ***LYDIA MORSE*** SE FOI.

*M.O.: *MODUS OPERANDI*

QUEM É ELA?
SEGUINTE: NÃO TENHO CERTEZA. MAS SE FOR QUEM ACHO QUE É, NÃO POSSO CONFIAR EM NINGUÉM DA MINHA ORGANIZAÇÃO PARA IR ATRÁS DELA.
ACHA QUE ELA TRABALHA PRA VOCÊ?
ACHO QUE ELA JÁ TRABALHOU.
"FILIPPA STERLING. A PUPILA MAIS TALENTOSA DA DIRETORA MORSE. ELA ESTAVA LÁ, OBSERVANDO, QUANDO SEU IRMÃO ATIROU NELA."
"EXECUTOU ELA. PELO QUE FEZ COM NOSSA FAMÍLIA."
"ELA SAIU DA AGÊNCIA UMA SEMANA DEPOIS. NINGUÉM A VIU DESDE O FUNERAL DE LYDIA."
VOCÊ NÃO VOOU ATÉ AQUI SÓ PORQUE ALGUÉM INVADIU A CASA DE UM INFORMANTE.
ELE NÃO ERA SÓ UM INFORMANTE. E ELA FEZ MAIS DO QUE INVADIR.

"'MAIS'?"
"ENTRE ELA INVADIR E OS SEGURANÇAS PERCEBEREM, ELA ENTROU NO QUARTO DE LENNART E USOU A ARMA. DOIS TIROS, À QUEIMA-ROUPA."
"ENTÃO EU SOU PROCURADA POR ASSASSINATO?"
"PROVAVELMENTE SERIA, SE A ARMA NÃO TIVESSE SUMIDO DO NOSSO DEPÓSITO DE PROVAS."
Langkawi
Ipoh
Kuala Lumpur
Johor Baharu
VOCÊ TÁ CORRENDO UM GRANDE RISCO.
E EU ACHANDO QUE VOCÊ SÓ GOSTAVA DE MIM.
NÃO GOSTO DE VER ALGUÉM INOCENTE SENDO INCRIMINADO.
RESTORAN HUA MUI
華美茶餐室
KERMAN STUDIOS
ENTÃO, QUEM É ESSE TAL DE SAYID? UM FABRICANTE DE ARMAS SUPERSECRETO, CLANDESTINO E FORA DO RADAR?
NÃO EXATAMENTE.
BEM DISCRETO.
ARMAS DO SAYID, ARMAS ... NCAS E
ARMAS DO SAYID, ARMAS BRANCAS E ACESSÓRIOS DIVERSOS PARA PRODUÇÃO DE FILMES
JOANNA? JOANNA TAN?!?

PRECISO DA SUA AJUDA, **HAFIZ**.
QUALQUER COISA.
ALGUÉM TÁ TENTANDO ME INCRIMINAR POR ASSASSINATO, USANDO UMA DAS SUAS ARMAS. UMA DAS **VERDADEIRAS**.
ESTA AQUI É PARTE DE UM PAR DE ARMAS IDÊNTICAS. VENDI ELAS PRA UM COLECIONADOR HÁ UNS 6 MESES.
ERA UMA MULHER? DA MINHA ALTURA, LOIRA, AMERICANA?
NEM IDEIA. FOI TUDO ONLINE.
QUEM É VOCÊ, FALANDO NISSO?
JOANNA, QUEM É ELE? ALGUÉM **ESPECIAL**?
ALGUÉM EM QUEM **CONFIO**. ESPECIAL O BASTANTE.
ESCUTA, PRECISO SABER TUDO QUE VOCÊ SE LEMBRA DA PESSOA QUE ENCOMENDOU ESSAS ARMAS.
TUDO QUE TENHO É UM ENDEREÇO DE ENTREGA. ERA NA DAKOTA...
ABAIXEM!

HAFIZ!
...DO SUL.
FWKKK!

POW!
POW!
POW!
VOU ATRÁS DELA.
VOCÊ CHAMA UMA AMBULÂNCIA.
ELA É *MINHA*.
KERMAN STUDIOS
Tak nak!
EI! ISSO É UM SET FECHADO! ESTAMOS FILMANDO AQUI!
AMBULÂNCIA? ELE JÁ TAVA MORTO ANTES DE CAIR NOS BRAÇOS DA JOANNA.
NÃO DÁ MAIS PRA AJUDAR. MAS *ELE* AINDA PODE SER ÚTIL.

BARBARIAN
IN ASIA
SCENE SHOT TAKE
54 1 3
PEGA AÍ.

VALEU.
QUEM É VOCÊ? QUEM TE PAGOU PRA ATIRAR NO SAYID?

SENHORITA... SOLTE ELE E DÊ UM PASSO PRA TRÁS.
BALAI POLIS
NADA?
NENHUMA PALAVRA. MAS COM CERTEZA NÃO É FILIPPA STERLING.
NÃO QUER DIZER QUE ELA NÃO ESTAVA POR TRÁS DISSO. FILIPPA É UMA JOGADORA DE XADREZ. NÃO TEM MEDO DE SACRIFICAR UM PEÃO.
BEM A CARA DA ANTIGA CHEFE DELA.
ENCONTREI UM ENDEREÇO DE ENTREGA EM DAKOTA DO SUL NOS PAPÉIS DE SAYID. FICA PERTINHO DA FRONTEIRA COM MONTANA.
ONDE MATARAM SEU INFORMANTE.
COM A ARMA DO SAYID. DEIXADA PRA TRÁS PRA TE INCRIMINAR.
TEM QUE TER UMA CONEXÃO. ALGUÉM QUE USOU OS DOIS, LENNART PRAS INFORMAÇÕES E SAYID PRAS ARMAS.
ACHEI QUE ELA TINHA COMPRADO AS ARMAS DO SAYID PRA ME INCRIMINAR.
LEMBRA: JOGADORA DE XADREZ. ELA ESTÁ TRÊS JOGADAS À FRENTE E NUNCA FAZ NADA POR UM MOTIVO SÓ.
NÃO, TEM QUE TER UMA CONEXÃO...

"...E SE FILIPPA ACHOU ESSA CONEXÃO NOS NOSSOS ARQUIVOS, TAMBÉM POSSO ACHAR."
MORTO? TEM CERTEZA?
SIM, SENHOR. MORTO A TIROS NA FRENTE DA LOJA DELE. ACONTECEU ONTEM.
JESUS. PRIMEIRO O MICHAEL, AGORA...
QUAL EU DEVERIA USAR?
QUERIDA, NÃO TÁ NA HORA DO SEU TREINO?
CLARO, MAS PRO JANTAR... DEPOIS...
VAMOS REMARCAR. PAPAI TÁ LIDANDO COM UMA CRISE.
VOCÊ TÁ SEMPRE LIDANDO COM UMA CRISE!

ALBERTO GIANCARUSO.
ANTES DE CARNEGIE HALL, ANDREW CARNEGIE ERA UM BARÃO LADRÃO. BILL GATES NEM SEMPRE FOI BILL GATES.
O CARA DA FARMACÊUTICA? ELE NÃO TÁ FINANCIANDO CURAS PRA CEGUEIRA DOS RIOS OU ALGO ASSIM?
JÁ OUVIU FALAR DE BERT E ERNIE?
OS MUPPETS?
GIANCARUSO E ESSE BRIGHTON, ERNEST BRIGHTON, ERAM CONHECIDOS COMO BERT E ERNIE. FORNECIAM DROGAS PRA TODAS AS RAVES IMPORTANTES ANTES DO ANO 2000.
COMO EU SABERIA? EU TINHA 7 ANOS EM 2000.
VOCÊ TINHA O QUÊ, 11? E IA PRA RAVES?
15. E A ÚLTIMA RAVE DELES FOI MANCHETE.
O ERNIE COZINHOU UMA VERSÃO TURBINADA DE ECSTASY. O BERT SÓ VENDIA, DISSE QUE NÃO FAZIA IDEIA DO QUE O ERNIE TINHA FEITO. 47 PESSOAS MORRERAM.
COMO ELE PASSOU DISSO PRA CURAR CEGUEIRA DOS RIOS?
UMA ÓTIMA RELAÇÕES PÚBLICAS. MILHÕES DOADOS PRA CARIDADE.
ENQUANTO ISSO, O ERNIE AINDA TÁ FORAGIDO. EM ALGUM LUGAR DO OESTE, É NOSSO MELHOR PALPITE.
TIPO EM MONTANA.

MILÃO, ITÁLIA
O QUE ACONTECEU COM A MARIA?
PEGOU ALGUMA COISA. TÔ SUBSTITUINDO ELA.
POR MIM TUDO BEM. VOCÊ PARECE MESMO ESTAR EM MELHOR FORMA QUE ELA.
SÓ UM POUCO.
QUASE LÁ. SÓ MAIS 2 REPETIÇÕES.
E AÍ VOCÊ PODE IR PRO CHUVEIRO.
"VOCÊ ACHA QUE O ERNIE TÁ GUARDANDO RANCOR DURANTE TODOS ESSES ANOS?"
"VOCÊ NÃO GUARDARIA? SE ESTIVESSE FORAGIDO, SEMPRE ALERTA, ENQUANTO SEU EX-PARCEIRO RECEBE PRÊMIOS HUMANITÁRIOS EM MILÃO?"

ENTÃO, A STERLING SAI DA SUA AGÊNCIA E VAI ATÉ O ERNIE, OFERECE ACERTAR AS CONTAS DELE POR UM PREÇO?
E AINDA ACERTA AS CONTAS DELA COM VOCÊ, POR TER DADO A ARMA PRO SEU IRMÃO MATAR A LYDIA.
A QUESTÃO É: QUEM É O PRÓXIMO NA LISTA DE ALVOS DELA?
ALGUÉM AINDA MAIS PRÓXIMO DO ALBERTO. ALGUÉM DE QUEM ELE PRECISA. OU ALGUÉM QUE ELE AMA.
QUER QUE EU VOE MAIS BAIXO?
SÓ SE PREOCUPE EM CHEGAR NA DAKOTA DO SUL.

JOANNA, JOANNA. VOCÊ FACILITA DEMAIS.
E ERA PRA VOCÊ SER A MELHOR.
VOCÊ MATOU UM DOS LEAIS SEGURANÇAS DELE... AH, ELE VAI FICAR BRAVO COM VOCÊ, JOANNA
MUITO BRAVO. ATÉ ELE VER O QUE MAIS VOCÊ FEZ.

POR QUE MATOU A FILHA DELE, JOANNA?
E COM UMA ARMA IDÊNTICA À QUE USOU EM MONTANA... UMA QUE VOCÊ USOU ONTEM EM JOHOR.
NÃO VÃO ACHAR DIGITAIS NA ARMA, NÃO DEPOIS DE TER SIDO LAVADA ASSIM. MAS VÃO ACHAR RESÍDUO DE PÓLVORA NA SUA MÃO, NÃO VÃO?
VOCÊ VAI PAGAR, JOANNA. VOCÊ VAI SOFRER.
E DEPOIS, VOCÊ VAI MORRER.

Modelo: Tabitha Lyons

CAPÍTULO DOIS

Artista: Derrick Chew

ERA UMA ARMADILHA.
PRIMEIRO PRA GAROTA MORTA, E AGORA PRA VOCÊ.
20 ANDARES ABAIXO, VOCÊ OUVE SIRENES. ALGUÉM CHAMOU A POLÍCIA.
ESTARÃO AQUI EM 5 MINUTOS. OS HOMENS DO ALBERTO, EM 2. MELHOR SUMIR ANTES QUE CHEGUEM.

...REPITO: VESTINDO UM UNIFORME DE SEGURANÇA.
PEGUEI ELA! ELEVADOR D-2!
SEGURANÇA
SEGURANÇA
"CÂMERA QUEBRADA! PEGOU ELA?"
VOCÊ SÓ GANHOU UM POUCO DE TEMPO.
NENHUM LUGAR NESTE PRÉDIO É SEGURO.
RESTA APENAS UMA ESCOLHA.

PRA QUE AS ARMAS, RAPAZES? ESTOU ME ENTREGANDO.
POLIZIA
VOCÊ MATOU A GAROTA! UMA GAROTA INOCENTE!
ARMARAM PRA MIM.
VOCÊ USOU A ARMA!
UMA ARMA PARECIDA. NÃO ESSA.
LEVA ELA. UMA NOITE NA SOLITÁRIA VAI FAZER COM QUE MUDE DE IDEIA.
E DEIXE AS ALGEMAS. FOMOS AVISADOS SOBRE ESSA AÍ.
E SE EU PRECISAR FAZER XIXI?
TEM UM VASO NO CANTO.
VOU PRECISAR DE AJUDA PRA TIRAR ESSA ROUPA.

!..
VOCÊ JÁ PASSOU A NOITE EM LUGARES PIORES DO QUE UMA PRISÃO ITALIANA. TEVE AQUELA CADEIA NA VENEZUELA. E A PRISÃO NA CAXEMIRA.
MAS ISSO NÃO SIGNIFICA QUE TERIA SIDO INTELIGENTE FICAR. OS GUARDAS DE MILÃO NÃO SÃO FAMOSOS POR RECUSAR SUBORNOS, E MAIS DE UMA PESSOA JÁ MORREU NA SOLITÁRIA.
E AQUELA PARECIA SER A FILHA DE BERT NO CHUVEIRO. ELE VAI QUERER SUA CABEÇA.
A ESSA ALTURA, BROOK JÁ ESTÁ A MEIO CAMINHO DA DAKOTA DO SUL. ISSO É BOM... TALVEZ ELE ACHE O RASTRO DA FILIPPA STERLING NA FONTE, ONDE O EX-PARCEIRO DE BERT A CONTRATOU.
MAS ISSO SIGNIFICA QUE VOCÊ TÁ SOZINHA AGORA.
COMO SEMPRE.
SE CONSEGUIR CHEGAR NA ESTAÇÃO DE TREM, VOCÊ ALCANÇA A FRONTEIRA SUÍÇA. E DE LÁ...
CRACKKK!

DEUS. SUA CABEÇA AINDA ESTÁ ZUMBINDO.
MAS ESSE É O MENOR DOS SEUS PROBLEMAS.
OS HOMENS DO SR. GIANCARUSO ESTÃO A CAMINHO. NÃO VAI DEMORAR.
SEGURA FIRME AÍ.
SE ME PERMITE A EXPRESSÃO.
QUANTO ELE TÁ TE PAGANDO?
MAIS DO QUE VOCÊ SERIA CAPAZ.
VOCÊ TIRA A ROUPA DE TODAS AS GAROTAS ANTES DE ENTREGÁ-LAS PRO CHEFE?
SÓ AS QUE TÊM GRAMPOS, ARMAS E SEI LÁ MAIS O QUE ESCONDIDOS.
JUSTO. MAS APOSTO QUE VOCÊ TAMBÉM GOSTA DA VISTA.

PODE PARAR COM A SEDUÇÃO, QUERIDA. VOCÊ NÃO TEM O EQUIPAMENTO CERTO PRO SERVIÇO.
QUE SORTE A MINHA. O ÚNICO CAÇADOR DE RECOMPENSAS GAY DE MILÃO.
TEM ALGUNS DE NÓS.
SABE, EU NÃO FIZ ISSO. NÃO ATIREI NA FILHA DELE.
PODE FALAR ISSO PROS HOMENS DELE. ESTÃO CHEGANDO AGORA.
EXIT
SLAM
ELE TE DESPIU DE TUDO. OU É O QUE ACHA.
MAS ELE NÃO TÁ CERTO, NÉ? OU TÁ, JOANNA?
CRISTO. SEIS MESES VIVENDO RELAXADA. AGORA VOCÊ GOSTARIA DE TER MANTIDO SEUS TREINOS.
DIZEM QUE O HOUDINI ESCONDIA UM GRAMPO NO CABELO ANTES DE SER TRANCADO. E QUANTO CABELO ELE TINHA MESMO?
MENOS QUE VOCÊ.

ELA É TODA SUA.
CADÊ ELA?
JESUS. TUDO DÓI. SEUS OMBROS. SUA CABEÇA.
E MILÃO NÃO FOI FEITA PARA PÉS DESCALÇOS.
E SE VOCÊ NÃO SE VESTIR LOGO, SERÁ PRESA DE NOVO.
ELA VAI TE PERDOAR
É O TRABALHO DELA.

COMO ASSIM "ESCAPOU"? COMO UMA MULHER ESCAPA DE TODOS VOCÊS?
ELA ESTAVA AMARRADA, MAS--
ESTÃO DEMITIDOS!
MAS--
AGRADEÇA POR SER SÓ ISSO.
O SENHOR PRECISA VER ISSO.
AQUELA MULHER MANDOU, A QUE NÃO QUER DIZER O NOME.
LIGUE PARA ELA.
VOU ATENDER NO MEU ESCRITÓRIO.
QUEM É VOCÊ, CARALHO?
POR QUE NÃO IMPEDIU ELA?
ELA NÃO PODE SAIR IMPUNE. VOCÊ NÃO PODE DEIXAR.
OBVIAMENTE, ELA É UMA PISTOLEIRA. SÓ UM HOMEM PODERIA ME ODIAR O SUFICIENTE PRA CONTRATÁ-LA...
ELE É QUEM PRECISA PAGAR.
POSSO ENCONTRAR OS DOIS.

ELA TAMBÉM MATOU UMA PESSOA PRÓXIMA DE MIM.
ESTOU RASTREANDO-A HÁ MESES. POSSO PEGÁ-LA AGORA.
DE QUE ADIANTA AGORA? MINHA ELLA TÁ MORTA.
CERTO. ENTÃO MATE OS DOIS.
VAMOS DISCUTIR O MEU PAGAMENTO.

CONDADO DE HARDING, DAKOTA DO SUL
POPULAÇÃO: 1.311
1.312
COMO VOCÊ SAIU DA ITÁLIA?
BEM RÁPIDO.
TEVE SORTE?
O ENDEREÇO DE ENTREGA ERA UMA FURADA. CAIXA POSTAL COM NOME FALSO.
MAS CONSEGUI UMA PISTA DO ERNIE.
VOCÊ DISSE QUE ELE AINDA TAVA FORAGIDO.
E ESTÁ. NÃO TEM ENDEREÇO FIXO HÁ 22 ANOS.
ENTÃO DE QUEM É A CASA QUE A GENTE TÁ OLHANDO?

"DO NOVO PARCEIRO DELE."
"ACHO MELHOR VOCÊ ABORDAR ELE. EU TENHO ESSA CARA DE POLICIAL E TAL."
"E EU SEREI O QUÊ, TRAFICANTE TAMBÉM?"
PODE PARAR AÍ. NÃO QUERO CAVAR UMA COVA NESSE CALOR.
TAMBÉM NÃO QUERIA ACABAR EM UMA.
ACHO QUE VOCÊ PODE TER FEITO NEGÓCIO COM MEU IRMÃO. UM CARA CHAMADO AFAN?
NÃO PESSOALMENTE. MAS CONHEÇO O NOME. TODO MUNDO NO RAMO CONHECIA O AFAN.
UMA PENA COMO ELE MORREU.
FOI COMO ELE QUIS IR.
VOCÊ TÁ NO MESMO RAMO QUE O SEU IRMÃO?
PODEMOS CONVERSAR LÁ DENTRO?

MOSTRE QUE NÃO TÁ ARMADA, NEM GRAMPEADA.
FELIZ?
MUITO.
ME ENCONTRA LÁ DENTRO.

ENTÃO VOCÊ FAZ PRODUTOS FARMACÊUTICOS PERSONALIZADOS.
EU?
NÃO CONSIGO BATER NEM UMA VITAMINA.
UM AMIGO MEU É O MÁGICO DOS TUBOS DE ENSAIO.
ENTÃO É ELE QUEM EU VIM VER.
DESCULPA, DOROTHY. NINGUÉM VÊ O MÁGICO. SEM CHANCE.
COMO ASSIM, NINGUÉM? VOCÊ DEVE VÊ-LO DE VEZ EM QUANDO.
NÃO FICO NO MESMO CÔMODO QUE O CARA HÁ 9 ANOS.
NÃO DÁ PRA VENDER PRODUTO POR E-MAIL.
DEIXA QUE EU ME PREOCUPO EM VENDER MEU PRODUTO.
E GUARDA ESSES PEITOS. ELES NÃO VÃO BAIXAR MEU PREÇO.

O NEGÓCIO É O SEGUINTE, NÃO TÔ ATRÁS DE PREÇO BAIXO. MEU CLIENTE TÁ FELIZ EM PAGAR. MAS ELE QUER ALGO **PERSONALIZADO**.
ELE ESCREVEU AS INSTRUÇÕES AQUI. VOCÊ PASSA PRO SEU AMIGO, ELE VAI SABER LER O PADRÃO DE MICROGRAVAÇÃO ENTRE OS DENTES.
E NÃO, UMA FOTO NÃO VAI MOSTRAR, MESMO SE AMPLIAR. SÓ O INSTRUMENTO CERTO LÊ ISSO, E TENHO CERTEZA DE QUESEU AMIGO TEM UM.
E AÍ VEMOS SE ELE VAI QUERER ME ENCONTRAR.
TÁ TIRANDO COM A MINHA CARA. "MICROGRAVAÇÃO". SÓ FALA MERDA.
ACHO QUE VAMOS DESCOBRIR, NÉ?

O QUE DEU PRA ELE?
A CHAVE DA MINHA CAIXA DE CORREIO.
NUNCA ME DEIXE JOGAR PÔQUER COM VOCÊ.
ACHA QUE ELE VAI CAIR?
"QUE ESCOLHA TEM? ELE É SÓ O VENDEDOR... ERNIE É O CÉREBRO. ELE NÃO VAI CORRER O RISCO DE TER ALGO REAL AQUI E NÃO PASSAR PRA FRENTE.
"E LÁ VAMOS NÓS."
QUERIA QUE VOCÊ AINDA TIVESSE O HELICÓPTERO.
QUEM DISSE QUE NÃO TENHO?

"QUANTO TEMPO VOCÊ CONSEGUE MANTER ESSA COISA NO AR?"
"NUM CASO DE ASSUNTOS INTERNOS? O TEMPO QUE PRECISAR."
"BROOK! AQUELE TRAILER..."
QUE PORRA É ESSA?

"ISSO JÁ ACONTECEU ANTES? UM DOS SEUS AGENTES VIRAR A CASACA?"
"NÃO DESSE JEITO. ÀS VEZES VENDEM SEGREDOS. MAS NUNCA ASSASSINATO."
"JESUS. É ***ASSIM*** QUE O ERNIE TÁ SE ESCONDENDO?"

É UM JEITO DE EVITAR TER ENDEREÇO FIXO.
"QUE RÁPIDO."
"NÃO É O MESMO MOTORISTA. O QUE ELE FAZ, TROCA ELES A CADA 8 HORAS?"
"SERÁ QUE ELE SAI DAQUELA COISA? COM OS PAINÉIS SOLARES, TALVEZ NEM PRECISE PARAR PRA ABASTECER."
E AGORA? NEM VOCÊ CONSEGUE INVADIR UM VEÍCULO EM MOVIMENTO.
TÁ BRINCANDO?
É SÓ SEGUIR AQUELE CARRO ATÉ ONDE O MOTORISTA ESTACIONA PRA NOITE, SE ESCONDER NO PORTA-MALAS.
NA TROCA DE TURNO, ENQUANTO O MOTORISTA NOVO TÁ TROCANDO COM O VELHO, É SÓ SAIR DO PORTA-MALAS, SE ESCONDER NO COMPARTIMENTO, DEPOIS SUBIR E PEGAR O MOTORISTA DE SURPRESA.
QUER FAZER ISSO?
DE JEITO NENHUM.

"SÓ VOA MAIS BAIXO."

CONSIGO TE OUVIR.
ESSE ANDAR NÃO É DE POLÍCIA.
ERNIE BRIGHTON?
ERNEST, POR FAVOR.
ESSA COISA DE "BERT E ERNIE" FOI IDEIA DO ALBERTO. SEMPRE ODIEI.
ERNEST... PRECISO ENCONTRAR A MULHER QUE VOCÊ CONTRATOU PRA ATACAR O ALBERTO.
ATACAR...? POR QUE DIABOS EU ***ATACARIA*** ELE? TÔ QUASE RESOLVENDO O **MC^3**... IA ENTRAR EM CONTATO PRA AVISAR!

MC AO CUBO?
ALBERTO INVENTOU O NOME, É UMA PIADINHA CIENTÍFICA. MC³, PORQUE ELEVA O "E" A UM PODER MAIOR.
SUA DROGA... SUA VERSÃO TURBINADA DO ECSTASY.
ISSO É COMO CHAMAR ESTE VEÍCULO DE SKATE TURBINADO.
UMA DOSE E VOCÊ VAI VER DEUS.
LEGAL, ERNEST... MAS PODEMOS FOCAR, POR FAVOR? SE VOCÊ NÃO CONTRATOU UMA ASSASSINA PRA IR ATRÁS DAS PESSOAS DA VIDA DO ALBERTO, QUEM CONTRATOU?
PENSA! ESSA ASSASSINA TEM RANCOR DE MIM, E PODE TER DE VOCÊ.
E SE EU CONSEGUI ENTRAR AQUI, ***ELA TAMBÉM CONSEGUE***.

"ERNEST, ACHO QUE VOCÊ NÃO TÁ ENTENDENDO... VOCÊ E EU PODEMOS ESTAR EM PERIGO!"

Modelo: Tabitha Lyons

CAPÍTULO TRÊS

Artista: Junggeun Yoon

BERT E ERNIE.
TIPO LAUREL E HARDY. OU BEN E JERRY. QUEM ESPERARIA ALGO RUIM DE CARAS COM ESSES NOMES?
NINGUÉM NUNCA MORREU TOMANDO SORVETE.
JÁ A DROGA QUE AQUELE DESGRAÇADO DO ERNIE FEZ...

AS RAVES ERAM PELA MÚSICA? OU AS PESSOAS SÓ IAM PRA FICAR DOIDONAS E FODER?
UMA DOSE E VOCÊ VAI VER DEUS.
SEUS PAIS IAM DESDE ANTES DE VOCÊ NASCER. TALVEZ *POR ISSO* VOCÊ TENHA NASCIDO.
ELES NÃO IAM PARAR POR NADA.
ATÉ QUE, UMA NOITE, ELES PARARAM.
DAILY NEWS
47 MORTOS EM RAVE DE TRIBECA

ELES VIERAM DE MANHÃ, QUANDO VOCÊ NÃO APARECEU NA ESCOLA.
NYPD
NYPD
SEUS PAIS ERAM FILHOS ÚNICOS.
SUA MÃE NÃO ERA PRÓXIMA DA FAMÍLIA. MUDOU DE NOME E NUNCA OLHOU PRA TRÁS.
SEU PAI CRESCEU EM LARES ADOTIVOS. ÓRFÃO. COMO VOCÊ.
5 LARES ADOTIVOS EM 3 ANOS. VOCÊ FUGIU DE TODOS.
O ÚLTIMO TE TRANCAVA À NOITE. NÃO IAM DEIXAR O CHEQUE DO MÊS FUGIR.
CHESS
AÍ VEIO A PUBERDADE. E VOCÊ DESCOBRIU QUE HAVIA COISAS PIORES DO QUE FICAR PRESA SOZINHA NO PORÃO.

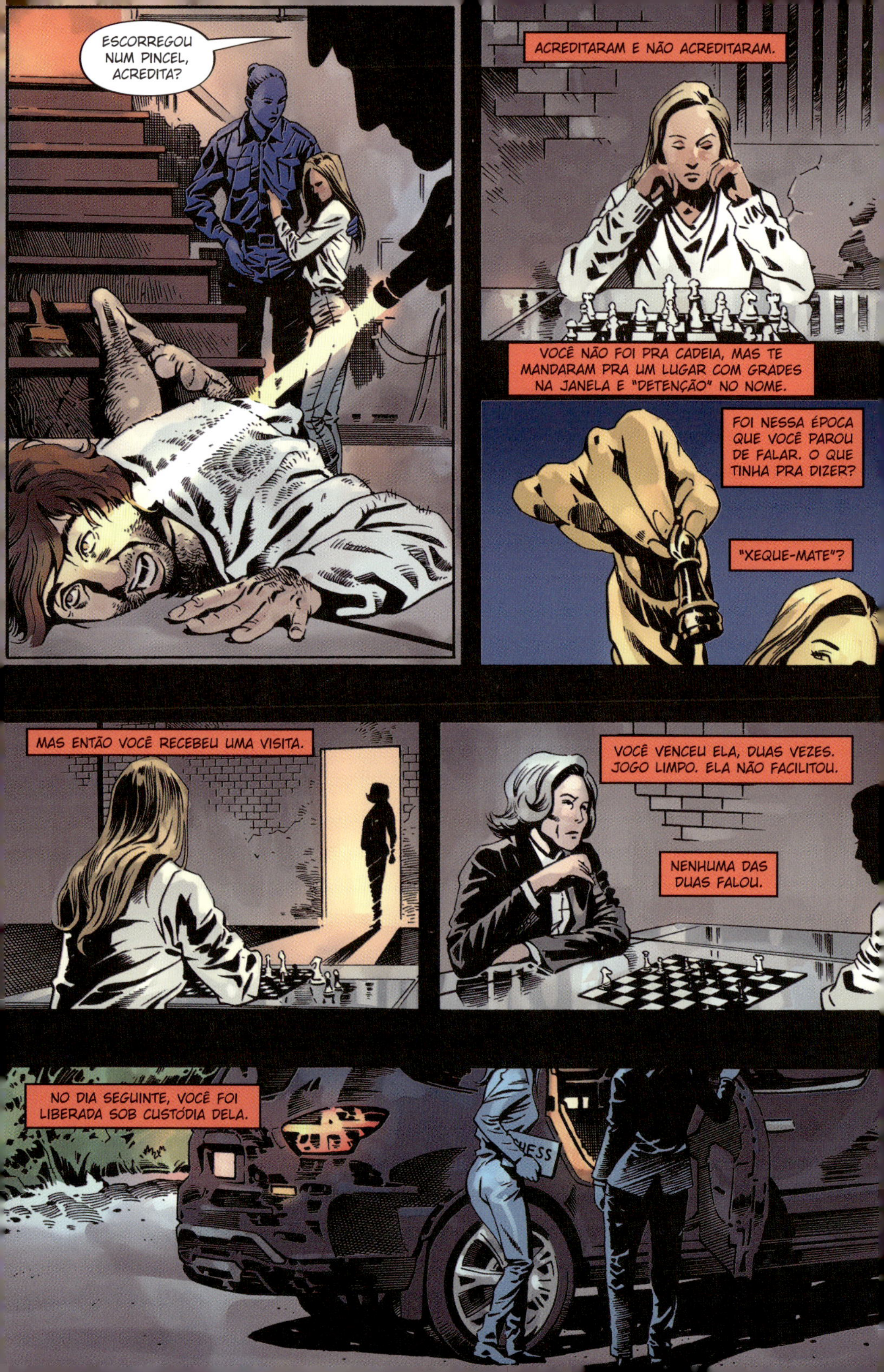

ESCORREGOU NUM PINCEL, ACREDITA?
ACREDITARAM E NÃO ACREDITARAM.
VOCÊ NÃO FOI PRA CADEIA, MAS TE MANDARAM PRA UM LUGAR COM GRADES NA JANELA E "DETENÇÃO" NO NOME.
FOI NESSA ÉPOCA QUE VOCÊ PAROU DE FALAR. O QUE TINHA PRA DIZER?
"XEQUE-MATE"?
MAS ENTÃO VOCÊ RECEBEU UMA VISITA.
VOCÊ VENCEU ELA, DUAS VEZES. JOGO LIMPO. ELA NÃO FACILITOU.
NENHUMA DAS DUAS FALOU.
NO DIA SEGUINTE, VOCÊ FOI LIBERADA SOB CUSTÓDIA DELA.
CHESS

VOCÊ NÃO FOI A PRIMEIRA NEM A ÚLTIMA. AS CRIANÇAS DA LYDIA. ESCOLHIDAS A DEDO POR TEREM UM POTENCIAL ESPECIAL.
O QUE ELA VIU EM VOCÊ, ESSA MENINA QUE NÃO FALAVA E QUE TINHA MATADO UM HOMEM?
POTENCIAL, SIM. DEUS SABE. VOCÊ CUMPRIU COM ÊXITO TODOS OS SERVIÇOS QUE ELA TE DEU.
MAS NÃO SÓ POTENCIAL. VALOR TAMBÉM.
ELA TE DEVOLVEU A SUA VOZ.
VOCÊ ACEITOU A MARCA DELA COM ORGULHO.
FARIA QUALQUER COISA POR ELA.
E ENTÃO...
PUTA MERDA. E ENTÃO.

ESPERA AÍ... TÁ SENTINDO ISSO?
SAÍMOS DA ESTRADA.
O JOHN ÀS VEZES PEGA UM ATALHO...
PELO MEIO DA MONTANHA?
POR QUE ESTAMOS PARANDO?
VAI PRO FUNDO, TRANCA A PORTA E NÃO ABRE, NÃO IMPORTA O QUE OUVIR.
O QUE TÁ ACONTECENDO? POR QUE O JOHN NOS TROUXE AQUI?
O JOHN NÃO TÁ DIRIGINDO.
NÃO TÁ? COMO ASSIM...?
O JOHN TÁ MORTO.

CADÊ VOCÊ, SEU VELHO? TÁ PRONTO PRA VER DEUS?

FWAMMM
VOCÊ!
JOANNA TAN. VOCÊ DEVE ESTAR QUERENDO MORRER.
AGORA É A SUA VEZ.
PODE CORRER. VEREMOS ATÉ ONDE VOCÊ VAI.

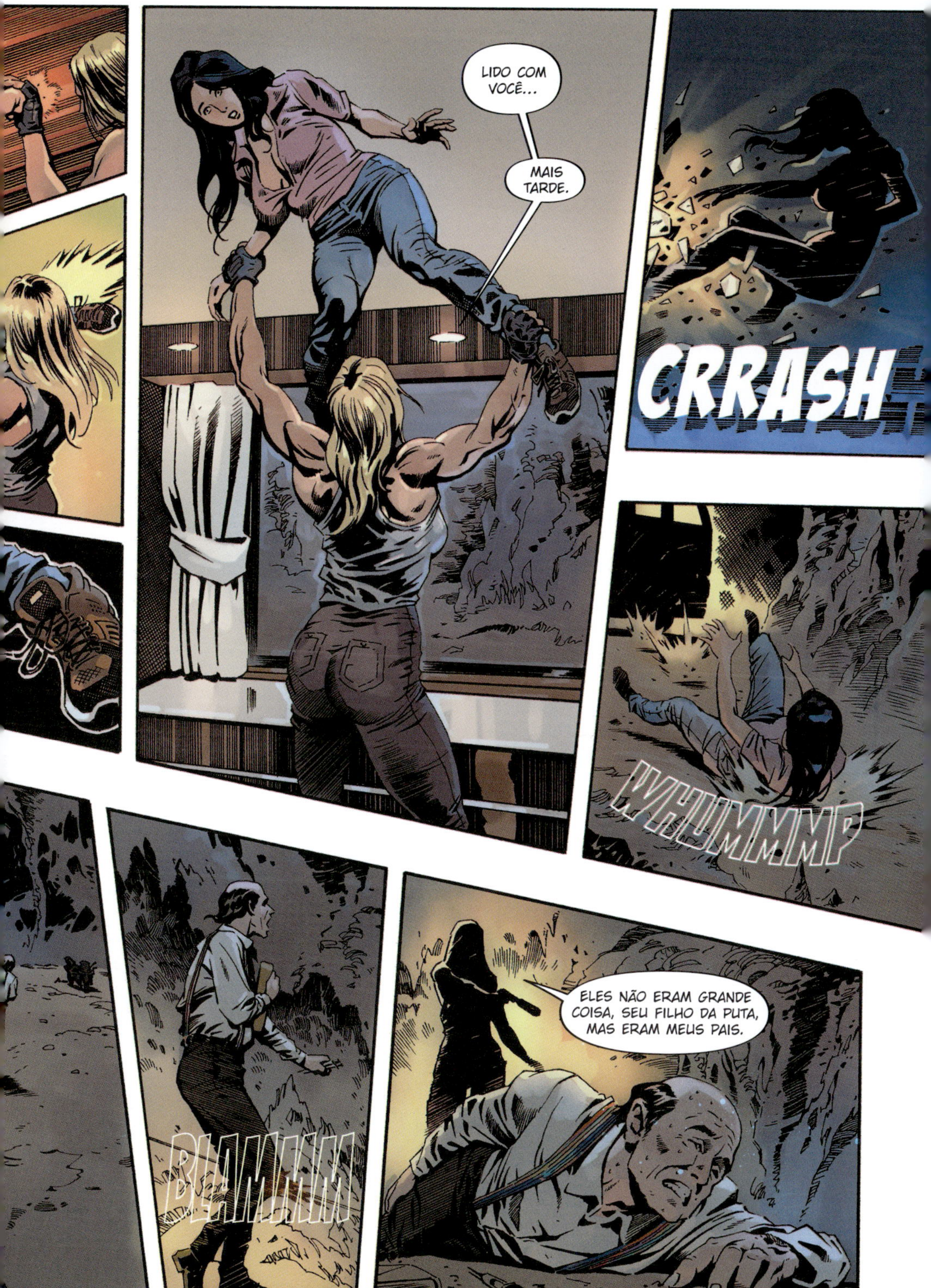
LIDO COM VOCÊ...
MAIS TARDE.
CRRASH
WHUMMMP
BLAMMMM
ELES NÃO ERAM GRANDE COISA, SEU FILHO DA PUTA, MAS ERAM MEUS PAIS.

SPANNG!
E AGORA, JOANNA?
DIZEM QUE VOCÊ CONSEGUE UMA ARMA EM QUALQUER LUGAR, MAS ACHO QUE AQUI NÃO VAI SER TÃO FÁCIL.
TALVEZ VOCÊ DEVESSE OLHAR PRA TRÁS, FILIPPA.
ABAIXA A ARMA. DEVAGAR.

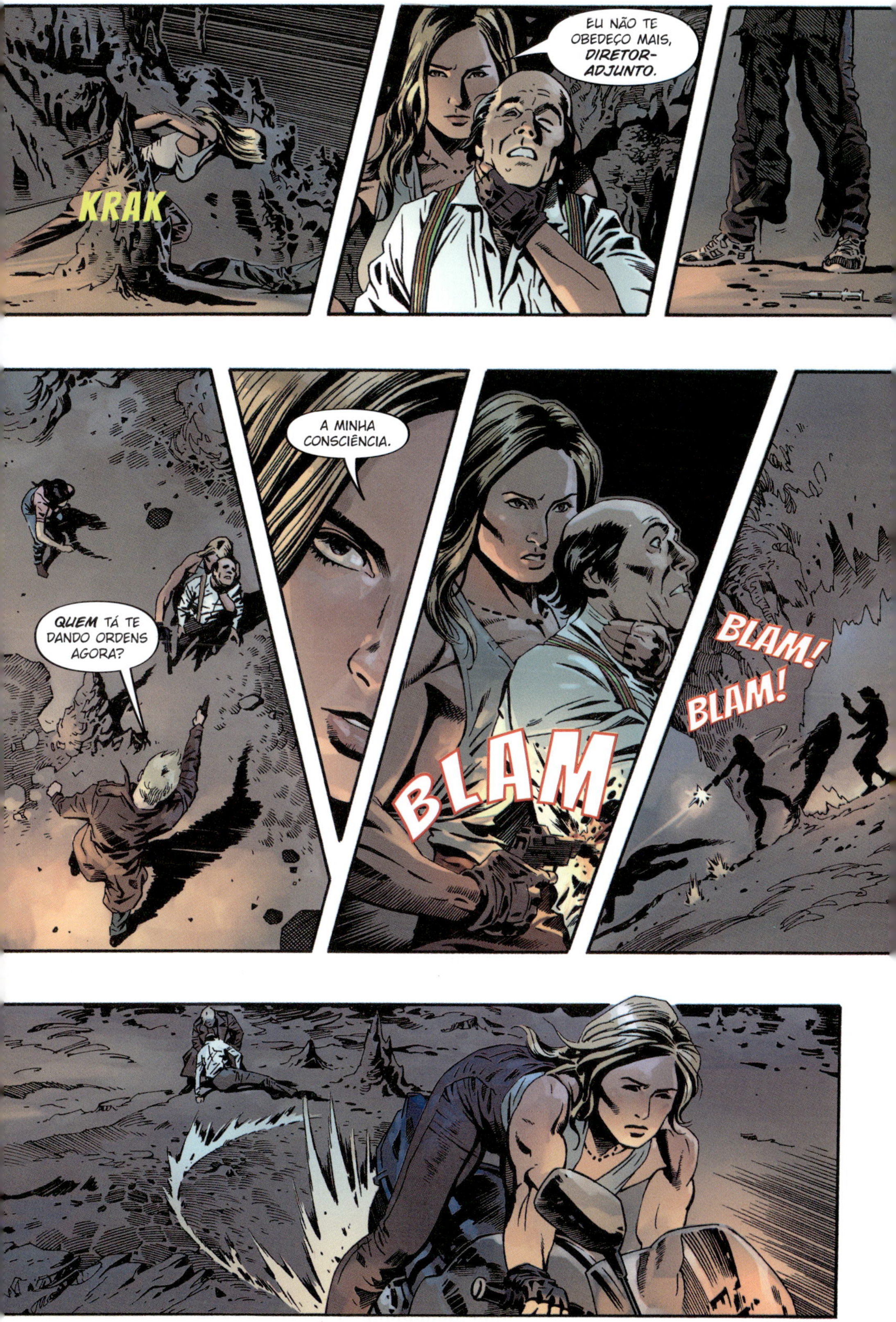
KRAK
EU NÃO TE OBEDEÇO MAIS, DIRETOR-ADJUNTO.
QUEM TÁ TE DANDO ORDENS AGORA?
A MINHA CONSCIÊNCIA.
BLAM
BLAM!
BLAM!

BLAM!
BLAM!
BLAM!
DEMOROU, HEIN?
TIVE QUE POUSAR UM HELICÓPTERO.
BEM, FAZ O QUE PUDER.
...E VAMOS VER O QUE VOCÊ PODE FAZER.
"FAZ O QUE PUDER." E O QUE SERIA ISSO?
ME AJUDA...
POR QUE ELA SEMPRE TE ABANDONA COM HOMENS MORTOS, OU MORRENDO?

VAMOS, QUERIDO, VOCÊ CONSEGUE...
POR FAVOR... TÁ DOENDO TANTO... A SERINGA... POR FAVOR...
FAZ O QUE PUDER.

MERDA.

ELE SE FOI.
ELA TAMBÉM.
DOIS HOMENS MORTOS, UM DELES UM FUGITIVO PROCURADO... PRECISO REPORTAR ISSO.
VAMOS FAZER UMA PARADA ANTES.
VOCÊS SÃO DO FBI?
ELE É. EU SÓ TÔ DE CARONA.
QUE VIAGEM.

POSSO TE POUPAR TEMPO, SR. FBI. SOU VETERANO COM DEFICIÊNCIA CONDECORADO. SEI MUITO BEM QUE AQUELA MOÇA NÃO TAVA DROGADA.
VOCÊ NUNCA VAI CONSEGUIR ME ACUSAR DE TRÁFICO.
MARTIN H. EHRENGRAF
Advogado
E DE ASSASSINATO?
O ERNIE TÁ MORTO. ANTES DE MORRER, ELE ME DISSE QUE IA ENTRAR EM CONTATO COM O ANTIGO PARCEIRO. QUEM NÃO IA QUERER ISSO? O NOVO PARCEIRO.
VOCÊ PAGOU PRA MIRAR NO BERT... PRA MANTÊ-LOS SEPARADOS. NÃO CONTAVA COM O BERT REVIDANDO. OU COM UMA ASSASSINA ESPERTA SENDO PAGA PELOS DOIS LADOS.
VOCÊ NÃO PODE PROVAR.
NÃO PRECISO. SE VOCÊ NÃO ESTIVER SOB A PROTEÇÃO DO MEU AMIGO, ACHA QUE A FILIPPA VAI TE DEIXAR VIVER PRA DEDURAR ELA?
O QUE QUER DE MIM?
TUDO QUE SABE SOBRE AONDE A FILIPPA PODE ESTAR INDO AGORA.

MILÃO, ITÁLIA
CHAMADA PARTICULAR NA LINHA 1, SENHOR.
PRECISO ATENDER. DIZ PRO PRÍNCIPE QUE NÃO POSSO IR. MINHA FILHA... ELE VAI ENTENDER.
ELE VAI ENTENDER... MAS TAMBÉM VAI RASGAR O CHEQUE.
FOI... RÁPIDO. TÁ FEITO?
MEIO FEITO.
É SUFICIENTE. ELE SE FOI. VOU TE PAGAR PELOS DOIS, MAS NÃO PRECISA IR ATRÁS DA MULHER.
NÃO É TÃO SIMPLES. ELA AINDA TÁ ATRÁS DE VOCÊ... PLANEJA TE PEGAR EM MÔNACO.
EU CANCELEI A VIAGEM! NEM VOU!
VOCÊ *TEM* DE IR. ESTAREI PRONTA. SE NÃO... QUEM SABE QUANDO OU ONDE ELA VAI ATACAR?
DIZ PRO PRÍNCIPE QUE EU VOU.

DIRETOR-ADJUNTO BARROW? O DIRETOR KRUGER PEDIU PRA TE VER.
TENHO MAIS DOIS RELATÓRIOS PRA--
ELE DISSE PRA IR AGORA, SENHOR.
DIRETOR
BROOK... JESUS, BROOK. LOGO VOCÊ. TÔ MUITO DECEPCIONADO.
SENHOR?
JEREMY KRUGER
VAI ME DIZER QUE NÃO É VOCÊ? QUE FOI TUDO FORJADO?
NÃO... NÃO É FALSO... MAS POSSO EXPLICAR...
ARMA E DISTINTIVO, AGENTE. E SE ENTREGUE PRA INTERROGATÓRIO.
MAS--
BROOK. NÃO PIORE AS COISAS.
QUERO GUARDAS 24 HORAS NELE. SIM, NO DIRETOR-ADJUNTO BARROW.
EX-DIRETOR-ADJUNTO.

GATE

PRINCIPADO DE MÔNACO
UM ESPETÁCULO BENEFICENTE DE UMA NOITE PROS RICOS E FAMOSOS. TODA A RENDA VAI PRA FUNDAÇÃO MÉDICA DE ALBERTO GIANCARUSO.
SEGURANÇA MAIS RÍGIDA QUE A CARA DAS SEGUNDAS ESPOSAS.
SÓ UMA ENTRADA E SAÍDA, E É POR UM DETECTOR DE METAIS.
A NÃO SER QUE VOCÊ SEJA PARTE DO SHOW.
ALBERTO ESTARÁ NUMA CABINE PRIVADA, PROTEGIDO POR GUARDAS. MAS ISSO NÃO SALVOU LINCOLN, NÉ?
O TRUQUE VAI SER FUGIR DEPOIS.
VOCÊ NÃO QUER ACABAR COMO JOHN WILKES BOOTH.

SEMPRE TEM UM JEITO. SE VOCÊ FOR INTELIGENTE E NÃO TIVER MEDO. SE SOUBER QUE TEM RAZÃO.
POSIÇÕES! POSIÇÕES, MENINAS DO CABARÉ! ALLEZ, VITE!
VITE!
E QUANDO O BERT ESTIVER MORTO, DEITADO NUMA POÇA DO PRÓPRIO SANGUE SUJO, VOCÊ TERÁ UMA BALA SOBRANDO...

E ALGUÉM EM QUEM USÁ-LA.

Modelo: Tabitha Lyons

CAPÍTULO QUATRO

Artista: Sozomaika

NÃO GOSTO DISSO. É PÚBLICO DEMAIS.
E O CHEFE QUER SABER SE VOCÊ GOSTA?
"ELE SÓ NÃO QUER QUE NINGUÉM ENTRE LÁ."
"GAROTAS DA PISCINA! ALLEZ, VITE!"

VITE!
VOCÊ VAI ADORAR O NÚMERO DA PISCINA. É BEM FAMOSO.
CRRRRNK!
CLAPCLAP
CLAPCLAPCLAP

MERGULHE NOS MEUS BRAÇOS, COM TODOS OS TEUS TRAÇOS, VENHA ME ENVOLVER...
MERGULHE NO MEU CORAÇÃO E EU COMEÇAREI ENTÃO A TE PRENDER...
MEU DEUS!
BLAM!

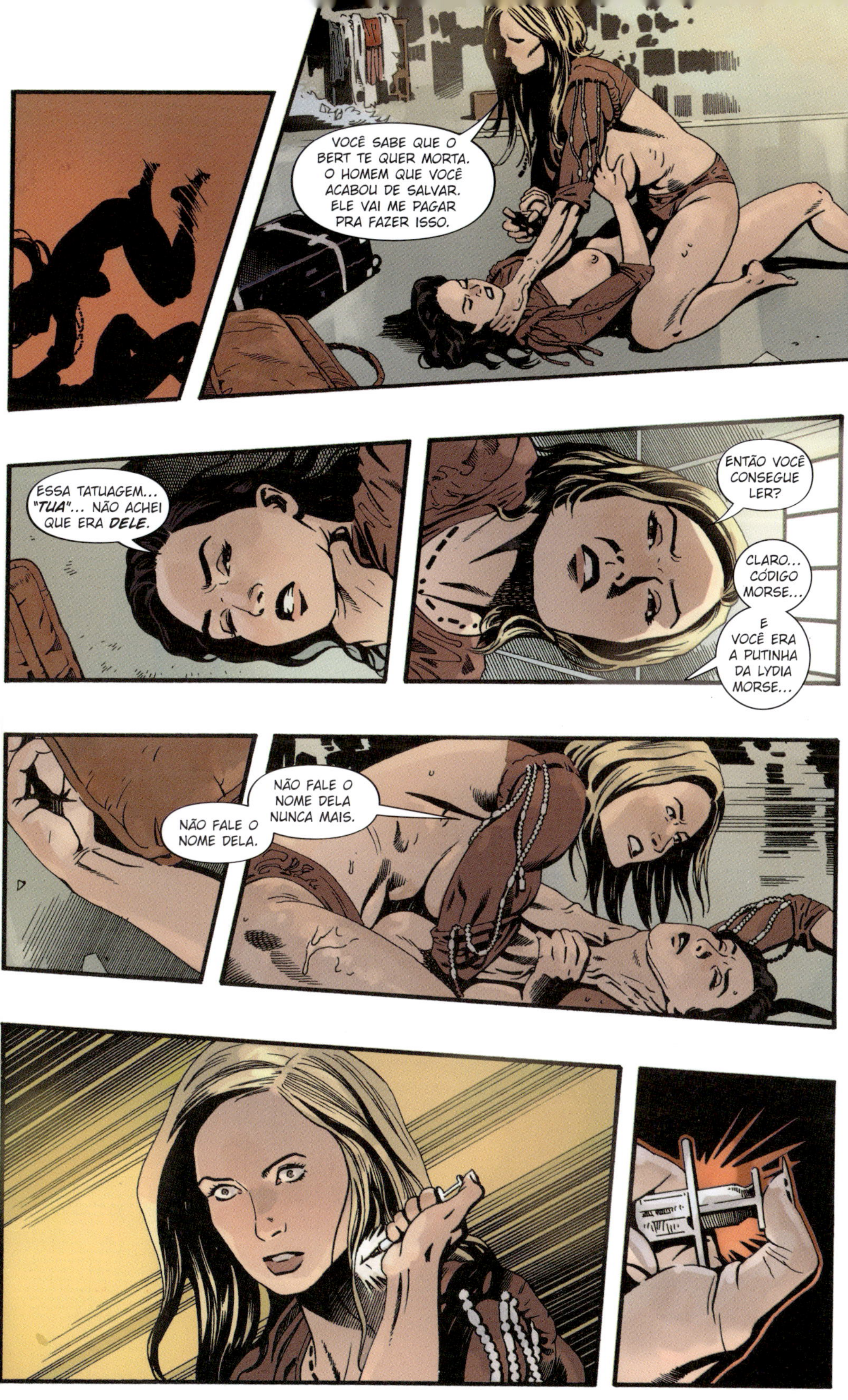
VOCÊ SABE QUE O BERT TE QUER MORTA. O HOMEM QUE VOCÊ ACABOU DE SALVAR. ELE VAI ME PAGAR PRA FAZER ISSO.
ESSA TATUAGEM... "*TUA*"... NÃO ACHEI QUE ERA *DELE*.
ENTÃO VOCÊ CONSEGUE LER?
CLARO... CÓDIGO MORSE...
E VOCÊ ERA A PUTINHA DA LYDIA MORSE...
NÃO FALE O NOME DELA.
NÃO FALE O NOME DELA NUNCA MAIS.

QUE PORRA É ESSA?

QUAL DAS DUAS A GENTE PEGA...?
AS DUAS. DEIXA O CHEFE DECIDIR.

VOCÊ FAZ IDEIA DE QUANTAS VIOLAÇÕES TEMOS CONTRA VOCÊ?
FOI UMA INVESTIGAÇÃO INTERNA AUTORIZADA.
VOCÊ MATOU O ALVO DE UMA CAÇADA FEDERAL INJETANDO UMA DROGA ILEGAL NELE!
FILIPPA STERLING O MATOU. ATIROU NELE NA MINHA FRENTE. A DROGA ERA PALIATIVA. ELE *IMPLOROU* POR ELA.
É O QUE VOCÊ DIZ. MAS ESTRANHAMENTE O VÍDEO QUE RECEBEMOS NÃO MOSTRA NADA DISSO.
NÃO MOSTRARIA MESMO, SE FOI A FILIPPA QUEM TE MANDOU.

E ESSA MULHER, ESSA **CONHECIDA CRIMINOSA**, PRA QUEM VOCÊ ENTREGOU PROVAS ROUBADAS?
VÍTIMA DE UMA ARMAÇÃO. DA...
...FILIPPA STERLING, SIM, VOCÊ JÁ DISSE ISSO 50 VEZES. QUAL É A SUA COM ELA? ELA SE RECUSOU A DORMIR COM VOCÊ OU ALGO ASSIM?
NÃO, ELA NÃO SE RECUSOU A DORMIR COMIGO.
ENTÃO ELA **DORMIU** COM VOCÊ?
QUE TIPO DE INTERROGATÓRIO É ESSE?
SENTE-SE, AGENTE.

QUERO FALAR COM UM ADVOGADO.
EU SOU ADVOGADO.
UM QUE **ME** REPRESENTE.
ISSO PODERIA SER UMA OPÇÃO, AGENTE, SE VOCÊ NÃO TIVESSE ABDICADO DO SEU DIREITO A UM ADVOGADO AO ENTRAR NO DEPARTAMENTO.
NINGUÉM PODE RENUNCIAR AOS SEUS DIREITOS CONSTITUCIONAIS.
ATIVISTAS PELOS DIREITOS CIVIS CONCORDARIAM COM VOCÊ. PENA QUE NÃO ESTÃO AQUI.
ME ESCUTA, AGENTE GORMAN. FILIPPA STERLING TÁ SOLTA POR AÍ, EXECUTANDO UMA VINGANÇA CONTRA TODOS QUE ELA CULPA PELO ASSASSINATO DE LYDIA MORSE, O QUE APARENTEMENTE ME INCLUI.
ESSA ***CONHECIDA CRIMINOSA*** SOBRE QUEM VOCÊ TÁ PERGUNTANDO É A ÚNICA COM CHANCE DE PARAR FILIPPA ANTES QUE MAIS GENTE MORRA.
ACHAVA QUE VOCÊ IA QUERER SABER ***DISSO***.
AH, EU QUERIA, SIM.
COMEÇANDO POR ONDE PODEMOS ENCONTRÁ-LA.

O QUE VOCÊ INJETOU NELA?
SEU PARCEIRO CHAMOU DE "MC AO CUBO"... DISSE QUE IA TE CONTAR QUE TINHA CONSERTADO.
MESMO? HUM. ELE TRABALHOU NISSO POR TANTO TEMPO. O TRABALHO DA VIDA DELE.
ELE TÁ MORTO. ELA O MATOU.
EU SEI.
ELA TAMBÉM TENTOU TE MATAR.
ELA DISSE QUE FOI VOCÊ, E QUE TAMBÉM MATOU MINHA ELLA.

NNNNGH..
ELA CULPA VOCÊ E O ERNIE PELA MORTE DOS PAIS DELA. E A MIM PELA MORTE DA MENTORA.
PODE SER. MAS ISSO NÃO SIGNIFICA QUE VOCÊ NÃO MATOU MINHA FILHA.
UMA DE VOCÊS MATOU. AS DUAS ESTAVAM LÁ, NA ACADEMIA. MINHA EQUIPE DE SEGURANÇA ACHOU IMAGENS DAS DUAS.
FOI *ELA*! EU JÁ TE DISSE!
TALVEZ. TALVEZ NÃO FAÇA DIFERENÇA. NENHUMA DAS DUAS VAI FAZER FALTA.

VOCÊ ACHA QUE TEM A GENTE NA SUA MÃO, NÉ?
E NÃO TENHO?
VOCÊ SERIA UM PÉSSIMO JOGADOR DE XADREZ.
VOCÊ ME COLOCA NUMA SALA COM AS DUAS PESSOAS QUE MAIS ODEIO NO MUNDO, DEIXA CLARO QUE VAI ME MATAR. ME DIZ: QUAL É O MEU LANCE?
!!

ALEXA...
BEEP
XEQUE-MATE.
RREEE
KAA BLAAAMMM!!!

BAM
BAM
BAM
BAM
SR. GIANCARUSO! SENHOR!
BAM
BAM
VOCÊ...
PTUI
OK, KASPAROV. QUAL É O SEU LANCE AGORA?
JÁ FIZ...
PERGUNTA PRO SEU... NAMORADO...

SR. GIANCARUSO!
DE JOELHOS OU EU PUXO O GATILHO.
POR QUE VOCÊ TEVE QUE MATAR ELE?
VOCÊ NÃO VAI ACREDITAR, MAS NÃO FUI EU QUEM MATEI. A MULHER QUE MATOU TÁ ALI.
EU TAMBÉM NÃO MATEI ELA.
MAS SE TENTAR ME SEGUIR, EU VOU ***TE*** MATAR.

E...?
ELE NÃO TÁ FALANDO. OU NÃO SABE, OU É LEAL DEMAIS A ELA.
"TEM O QUE PRECISA PRA FECHAR O CASO?"
"TENHO O SUFICIENTE."
BOM. VAI TRANSFERI-LO HOJE?
ESTA MANHÃ.
CERTO. CERTO. VOU LAMENTAR MUITO OUVIR SOBRE O INFELIZ SUICÍDIO DELE.
DESCUIDO DO SEU GUARDA PERMITIR ISSO.
ELE SERÁ REPREENDIDO.

SENTE-SE, COLOQUE AS ALGEMAS NOS PÉS.
POLÍCIA
TOC 0404
PRA ONDE ESTÃO ME LEVANDO?
FAZ DIFERENÇA?
SÓ RELAXA E CURTA A VIAGEM.
VOE MAIS BAIXO

LEMBRE-SE, QUANDO CHEGARMOS...
EU TENHO DIREITO A UMA LIGAÇÃO, E A UM ADVOGADO...
SE EU FOSSE VOCÊ, PENSARIA EM PEDIR POR UM PADRE.
BLAM
PERDOE-ME, PAI.
COMO A JOANNA PLANTOU AQUELA ARMA PRA VOCÊ? VAI TER QUE PERGUNTAR PRA ELA UM DIA.
SE VIVER TEMPO O SUFICIENTE.

PARA O CARRO. NÃO QUERO ATIRAR EM VOCÊ.
QUE BOM.
SÓ TE DEI UMA BALA MESMO.
COMO...?
FILIPPA TÁ MORTA. SE EXPLODIU.
INFELIZMENTE, TEM MAIS DE ONDE ELA VEIO. SUA OPERAÇÃO TÁ CHEIA DOS SOLDADINHOS DA LYDIA.
APARENTEMENTE. E ELES VIRÃO ATRÁS DE NÓS DOIS.
CONHEÇO LUGARES ONDE NÃO VÃO NOS ACHAR.
COMO EU NÃO TE ACHEI EM LANGKAWI?
LUGARES MELHORES.
VOCÊ VEM?

PRA ONDE, FUGIR? VIVER COMO FUGITIVO?
JOANNA... EU SOU UM AGENTE FEDERAL. UM POLICIAL.
NÃO É UMA VIDA RUIM.
NÃO MAIS.
BEEP BEEP
VOCÊ NÃO GANHA JOGANDO O JOGO DELES, BROOK.
VOCÊ GANHA FAZENDO COM QUE JOGUEM O SEU.
E QUAIS EXATAMENTE SÃO AS REGRAS DESSE SEU JOGO?
SEM REGRAS, QUERIDO.
SÓ SEGURA FIRME.
FIM

Modelo: Tabitha Lyons

GALERIA DE CAPAS

#2.1 CAPA A
– ADAM HUGHES

#2.1 CAPA B
– ARTGERM

#2.1 CAPA C
CAPA COM FOTO
MODELO: TABITHA LYONS

#2.1 CAPA D
– ROBERT MCGINNIS

#2.1 CAPA E
– JOSEPH MICHAEL LINSNER

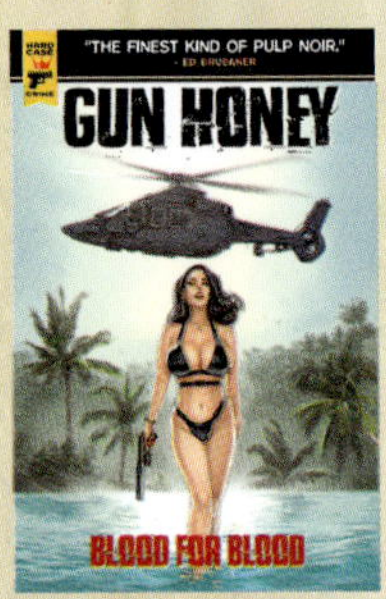

#2.1 CAPA F
– ROMAIN HUGAULT

#2.1 CAPA G
– ROMAIN HUGAULT

#2.1 CAPA H
– JOSEPH MICHAEL LINSNER

#2.1 CAPA FOC
– ROBERT MCGINNIS

#2.1 CAPA FOC
– ADAM HUGHES

#2.1 CAPA EXCLUSIVA DA EDIÇÃO ESPECIAL
CAPA COM FOTO
MODELO: TABITHA LYONS

#2.1 CAPA EXCLUSIVA DA EDIÇÃO ESPECIAL
CAPA COM FOTO
MODELO: TABITHA LYONS

#2.1 CAPA DA FORBIDDEN PLANET
– ARTGERM

#2.1 CAPA DA GREAT WALL OF COMICS
– IVAN TALAVERA

#2.1 CAPA DA GREAT WALL OF COMICS
– IVAN TALAVERA

#2.1 CAPA DA KRS COMICS
– WARREN LOUW

GALERIA DE CAPAS

#2.1 CAPA DA WARREN LOUW STORE
- Warren Louw

#2.1 CAPA DA KRS COMICS
- Will Jack

#2.1 CAPA DA KRS COMICS
- Will Jack

#2.1 CAPA DA GOLDEN APPLE
- Jeehyung Lee

#2.1 CAPA DA GOLDEN APPLE
- JEEHYUNG LEE

#2.1 CAPA DA 616 COMICS
- NATHAN SZERDY

#2.1 CAPA DA 616 COMICS
- NATHAN SZERDY

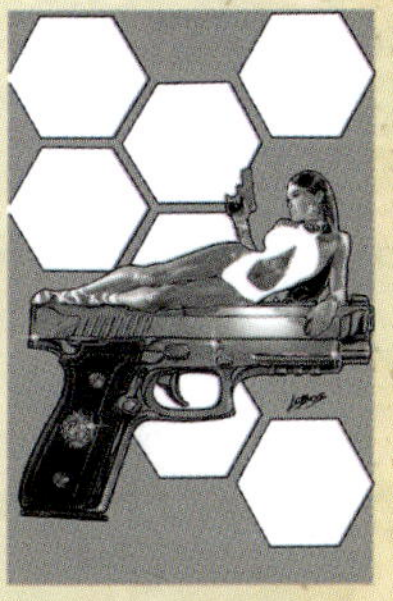

#2.1 CAPA DA HIVE COMICS
- LOBOS

#2.1 CAPA DA HIVE COMICS
- LOBOS

#2.1 CAPA DA NO MASSS COMICS
- JAVAN JORDAN

#2.1 CAPA DA NO MASSS COMICS
- JAVAN JORDAN

#2.1 CAPA DA PEG CITY
- JAY FERGUSON

#2.1 CAPA DA PEG CITY
- JAY FERGUSON

#2.1 CAPA DA PEG CITY
- JAY FERGUSON

#2.1 CAPA DA 2ª IMPRESSÃO
- ARTGERM

#2.2 CAPA A
- DERRICK CHEW

GALERIA DE CAPAS

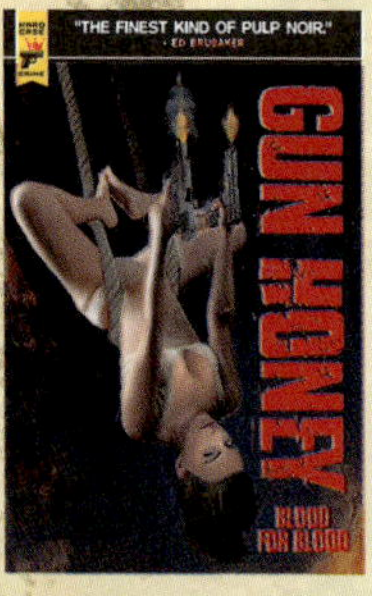

#2.2 CAPA B
– MOLOCEA EMILIAN

#2.2 CAPA C
CAPA COM FOTO
MODELO: TABITHA LYONS

#2.2 CAPA D
– ANG HOR KHENG

#2.2 CAPA INCENTIVE
– DERRICK CHEW

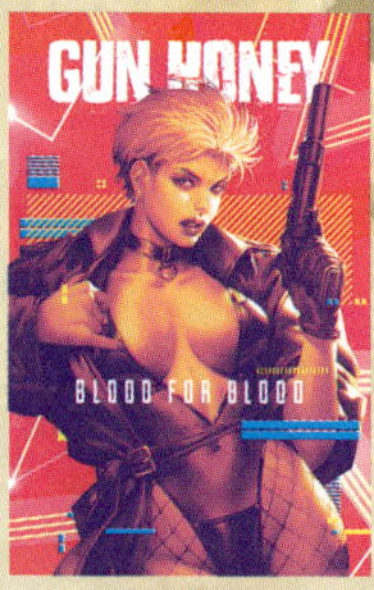

#2.2 CAPA FOC
ARTISTA: DERRICK CHEW
DESIGNER: DAN BURA

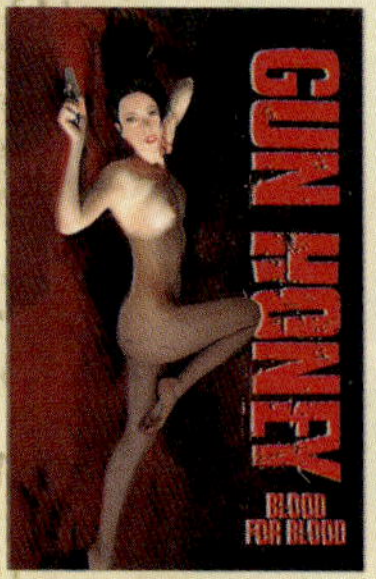

#2.2 CAPA FOC
– MOLOCEAN EMILIAN

#2.2 CAPA EXCLUSIVA DA EDIÇÃO ESPECIAL
CAPA COM FOTO
MODELO: TABITHA LYONS

#2.2 CAPA DA 2ª IMPRESSÃO
ARTISTA: DERRICK CHEW
DESIGNER: DAN BURA

#2.2 CAPA DA 616 COMICS
– CARLA COHEN

#2.2 CAPA DA 616 COMICS
– CARLA COHEN

#2.2 CAPA DA WHITE DOG COMICS
– IVAN TAO

#2.2 CAPA DA PEG CITY COMICS
– JAY FERGUSON

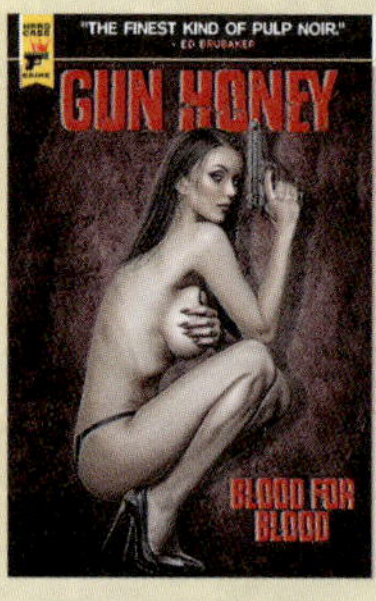

#2.2 CAPA DA PEG CITY COMICS
– JAY FERGUSON

#2.2 PEG CITY COMICS COVER
– JAY FERGUSON

#2.2 CAPA DA WHITE DOG COMICS
– DERRICK CHEW

#2.2 CAPA DA HIVE COMICS
– LOBOS

#2.3 CAPA A
– JUNGGEUN YOON

#2.3 CAPA B
– CELINA

#2.3 CAPA C
CAPA COM FOTO
MODELO: TABITHA LYONS

#2.3 CAPA D
– ANG HOR KHENG

GALERIA DE CAPAS

#2.3 CAPA FOC
ARTISTA: CELINA
DESIGN: DAN BURA

#2.3 CAPA FOC
– MOLOCEA EMILIAN

#2.3 CAPA EXCLUSIVA DA EDIÇÃO ESPECIAL
CAPA COM FOTO
MODELO: TABITHA LYONS

#2.3 CAPA DA 2ª IMPRESSÃO
ARTISTA: JUNGGEUN YOON
DESIGN: DAN BURA

#2.3 CAPA DA 616
– NATHAN SZERDY

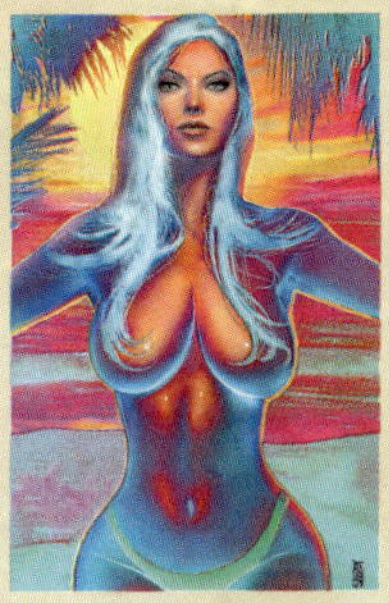

#2.3 CAPA DA 616
– NATHAN SZERDY

#2.3 CAPA DA 616
– IVAN TAO

#2.4 CAPA A
– SOZOMAIKA

#2.4 CAPA B
– BEN OLIVER

#2.4 CAPA C
CAPA COM FOTO
MODELO: TABITHA LYONS

#2.4 CAPA D
– ANG HOR KHENG

#2.4 CAPA FOC
– SOZOMAIKA

#2.4 CAPA FOC NUDE
– CLAUDIA CARANFA

#2.4 VARIANTE DA CAPA DA EDIÇÃO ESPECIAL
CAPA COM FOTO
MODELO: TABITHA LYONS

#2.4 CAPA DA WHITE DOGS COMICS
– SOZOMAIKA

#2.4 CAPA DA HIVE COMICS
– LOBOS

#2.4 CAPA DA 616
– NATHAN SZERDY

#2.4 CAPA DA 616
– NATHAN SZERDY

#2.4 CAPA DA 616
– MARCO TURINI

#2.4 CAPA DA 616
– MARCO TURINI

JOANNA ESTÁ DE VOLTA!

Em uma palavra: uau.

Lá por agosto de 2021, estávamos prestes a publicar a primeira série *GUN HONEY* — sem nenhuma expectativa de que haveria uma segunda. Não que eu não amasse a ideia de continuar as aventuras de Joanna Tan. Eu estava cheio de ideias para mais histórias. Mas toda vez que você lança algo novo, precisa enfrentar a realidade de que a maioria das novas séries não dá tão certo assim e nunca ganha uma segunda chance.

Então, o primeiro volume chegou às lojas. Será que eu poderia imaginar que nos tornaríamos a HQ independente mais vendida do ano? De jeito nenhum. (A Diamond, a grande distribuidora de quadrinhos, não fala "independente", eles dizem "não principal", mas é essa a ideia.) Será que eu poderia imaginar que conseguiríamos um acordo para desenvolver uma série de TV com duas produtoras incríveis — a Piller Segan nos EUA e a Vision New Media na Ásia — para levar a saga global de Joanna para as telas? Nem pensar. Também não poderia imaginar que tantos de vocês responderiam tão entusiasticamente a *GUN HONEY*, postando em todo lugar e fazendo

"SERÁ QUE EU PODERIA IMAGINAR QUE NOS TORNARÍAMOS A HQ INDEPENDENTE MAIS VENDIDA DO ANO? DE JEITO NENHUM."

podcasts sobre isso, tornando-a de longe a mais bem-sucedida HQ da Hard Case Crime.

Em uma palavra: obrigado. É por causa de vocês que Joanna está de volta para esta nova e emocionante aventura.

Com o que ela vai se deparar desta vez? Bem, vocês leram o primeiro volume, então têm uma ideia: um oponente sedento por sangue, cruel, impiedoso e que não mede esforços. Não é como se Joanna não soubesse uma coisa ou duas sobre revidar — mas será que desta vez ela pode ser superada...?

Veremos. O que posso dizer é que, se Joanna conseguir sobreviver, eu adoraria que ela voltasse para uma terceira aventura. Mas não estou fazendo promessas. Em um mundo onde até James Bond pode encontrar tempo para morrer, ninguém está seguro.

Muito obrigado aos nossos amigos da Titan Comics, que fizeram um trabalho incrível da primeira vez e estão arrasando de novo. Muito obrigado a Ang, Asifur e David por tornarem a arte, as cores e as letras tão lindas. Mais uma vez, obrigado à minha amiga Euny Hong, que inspirou tudo isso acidentalmente quando brinquei com as letras de seu nome e criei “GUN HONEY”. Esta já tem sido uma jornada extraordinária — e algo me diz que está apenas começando.

— Charles Ardai

A BRILHANTE E BELA
TABITHA LYONS

No mundo do *cosplay*, existem algumas verdadeiras estrelas. Tabitha Lyons, do Reino Unido, é uma delas. "Empolgação" é pouco para descrever nossa reação quando ela aceitou interpretar nossa heroína feroz e sexy nas capas fotográficas de *GUN HONEY: SANGUE POR SANGUE.*

Conhecida pelo pseudônimo @artyfakes nas redes sociais, onde tem centenas de milhares de seguidores fiéis, Lyons não só posa, mas também, em colaboração com seu pai, desenha e constrói os trajes e adereços usados em seus *cosplays* — e os trabalhos são impressionantes. Ela vai fazer seu queixo cair, independentemente se for uma gárgula de pedra de duas toneladas, enterrada em camadas de espuma e manipulando membros protéticos, ou se estiver usando os mais minúsculos

biquínis de metal saídos direto da imaginação de George Lucas. (Sua Princesa Leia Escrava é realmente o padrão pelo qual todas as Leias devem ser avaliadas.)

Para *GUN HONEY*, ela entrou no espírito da nossa furtiva agente internacional ao fazer um ensaio fotográfico em uma mansão de 600 anos, exatamente do tipo que podemos imaginar Joanna se infiltrando com um arsenal de armas secretas. E ela tirou muitas fotos legais lá, mais do que poderíamos usar em apenas quatro edições — então pensamos em compartilhar mais algumas aqui. Seja reaproveitando uma mesa de sinuca como suporte de mira ou administrando um pozinho suspeito na bebida de alguém, Tabitha encarnou Joanna perfeitamente.

O que mais nossa intrépida modelo faz no tempo livre? (Como se tudo isso já não fosse o suficiente.) Bem, ela é jogadora de D&D e se diverte em uma sessão semanal (às vezes transmitida online, então você pode ver essa beldade arrancando o olho de um Beholder!). Ela também é a orgulhosa mãe de dois amados companheiros caninos.

Você pode encontrar links para tudo isso (e mais) no site dela: tabithalyons.com.

Esperamos que você se junte a nós para dar as boas-vindas a ela na família *GUN HONEY*. (Pensamos em sugerir uma salva de 21 tiros, mas os vizinhos podem reclamar. Talvez apenas uma arma, com um silenciador...) ▪

VOCÊ QUER MAIS QUADRINHOS DE CRIME CHEIOS DE AÇÃO...?

Seis anos atrás, após a Hard Case Crime publicar romances tradicionais por uma dúzia de anos (aquele tipo de livro que tem muitas palavras, mas só uma imagem), tivemos a ideia de tentar a sorte com quadrinhos de crime.

Claro que sabíamos que os quadrinhos eram dominados por super-heróis, com várias formas de fantasia e terror ficando com o segundo lugar — mas os quadrinhos de crime também têm uma longa e orgulhosa história, remontando pelo menos até *Dick Tracy*, com destaques mais recentes incluindo *Estrada para Perdição*, *A History of Violence*, e as obras completas de Ed Brubaker e Sean Phillips. Então, decidimos lançar nossa aposta, e nos unimos aos notáveis da Titan Comics para isso.

Nosso título de estreia foi *Peepland*, de Christa Faust e Gary Phillips, com arte de Andrea Camerini, sobre um assassinato no meio dos *peep shows* e da cena *punk rock* da Nova York dos anos 1980. Mais de duas dúzias de outros livros seguiram, variando de traduções de *graphic novels* europeias (como os quatro volumes da série *Os Homens que Não Amavam as Mulheres*), a mangás (o épico Yakuza *Ryuko*, de Eldo Yoshimizu), até, bem, o livro que você está segurando agora.

Muitos de nossos títulos têm protagonistas femininas duronas e ferozes, muitas vezes escritos por criadoras igualmente ferozes — um bom exemplo disso é *Normandy Gold*, um *thriller* emocionante nos anos 1970, ambientado em Washington D.C., que saiu das canetas das premiadas romancistas de mistério Megan Abbott e Alison Gaylin. E a ameaça tripla, Cynthia Von Buhler, escreveu e ilustrou dois volumes de *Minky Woodcock* para nós, *The Girl Who Handcuffed Houdini* e *The Girl Who Electrified Tesla*. (Por que *tripla*? Porque ela também produziu um espetáculo ao vivo de *Minky Woodcock*.)

Mas nosso colaborador mais prolífico é o autor de *Estrada para Perdição* e *Dick Tracy*, Max Allan Collins, que escreveu não apenas *Quarry's War* (baseado na mesma série de romances de assassinos que inspirou a série *Quarry*, no Cinemax) e *Mickey Spillane's Mike Hammer*, mas também quatro grandes volumes, até agora, de sua clássica criação criminal, *Ms. Tree*.

Então, enquanto você espera pela próxima edição de *Gun Honey*, não precisa ficar com fome: basta procurar pela fita amarela da Hard Case Crime no canto, e saberá que está prestes a desfrutar de um banquete. ▪

O QUE VEM POR AÍ NO UNIVERSO DE GUN HONEY?

À medida que a segunda aventura de Joanna Tan se aproxima do fim, você pode estar se perguntando: o que vem por aí?

Joanna não é estranha à vida do lado errado da lei, mas isso é novidade para Brook — e nenhum dos dois está ansioso para ser caçado pelos ex-colegas de Brook. Joanna chamará uma velha amiga para ajudar, uma mulher especializada em fazer pessoas desaparecerem quando a situação esquenta. Dahlia Racers é uma engenheira sagaz, especialista em ilusões, criminosas ou não... E ela também é a estrela de sua própria nova série de 4 volumes, programada para aquecer o mundo dos quadrinhos em breve.

Então, Joanna retornará em sua próxima aventura, *GUN HONEY: COLLISION COURSE*. Charles Ardai assina os roteiros mais uma vez e Ang Hor Kheng já iniciou o trabalho na arte, começando com as quatro impressionantes capas em progresso que você vê aqui.

Para onde a nova história levará Joanna? Para um *onsen* no Japão, aparentemente; e para algum lugar onde as árvores crescem bastante; e para outro lugar com muitas válvulas, tubos e maquinários intrigantes… O que esses locais têm em comum? Nossas bocas são túmulos. Mas você descobrirá!

Enquanto isso, esperamos que você aproveite este gostinho das atrações futuras — e queremos agradecer por fazer de *GUN HONEY: SANGUE POR SANGUE* um sucesso. Não haveria *GUN HONEY* sem você, e mal podemos esperar para trazer mais. ▪